El Lobo y el Pastor, 30
El León y el Aguila, 31
La Mona, 32
El Asno y su Amo, 34
El Erudito y el Ratón, 35
La Ardilla y el Caballo, 37
El Galán y la Dama, 38
El Avestruz, el Dromedario y la Zorra, 39
El Cuervo y el Pavo, 41
La compra del Asno, 42

El Buey y la Cigarra, 44
El Guacamayo y la Marmota, 45
El retrato de Golilla, 46
Los dos Huéspedes, 49
El Té y la Salvia, 50
El Gato, el Lagarto y el Grillo, 52
La música de los animales, 53
La Espada y el Asador, 56
Los cuatro Lisiados, 57
El Pollo y los dos Gallos, 59

La Urraca y la Mona, 60
El Ruiseñor y el Gorrión, 61
El Jardinero y su Amo, 62
Los dos Tordos, 64
El Fabricante de galones y la Encajera, 65
El Cazador y el Hurón, 66
El Gallo, el Cerdo y el Cordero, 68
El Pedernal y el Eslabón, 69
El Juez y el Bandolero, 70
La Criada y la Escoba, 71

FABULAS DE IRIARTE

Editorial Everest, S. A.

MADRID • LEON • BARCELONA • SEVILLA • GRANADA • VALENCIA
ZARAGOZA • BILBAO • LAS PALMAS DE GRAN CANARIA • LA CORUÑA
PALMA DE MALLORCA • ALICANTE — MEXICO • BUENOS AIRES

COLECCION
COLORIN COLORADO...

Edición preparada por
Antonio Roche Navarro

Ilustraciones: Teo

SEXTA EDICION

© by EDITORIAL EVEREST - LEON (España)
Carretera León-Coruña, km. 5. — LEON (España)
Reservados todos los derechos. Prohibida la reproducción total o parcial de cualquiera de las partes de este libro.
ISBN 84-241-5418-5
Depósito legal. LE:1158-1988
Printed in Spain - Impreso en España

EDITORIAL EVERGRAFICAS, S. A. - Carretera León-La Coruña, km 5 - LEON (España)

EL ELEFANTE Y OTROS ANIMALES

"Ningún particular debe ofenderse de lo que se dice en común"

Allá, en tiempo de entonces,
y en tierras muy remotas,
cuando hablaban los brutos
su cierta jerigonza,
notó el sabio Elefante
que entre ellos era moda
incurrir en abusos
dignos de gran reforma.

Afeárselos quiere,
y a ese fin los convoca.
Hace una reverencia
a todos con la trompa,
y empieza a persuadirlos
en una arenga docta,
que para aquel intento
estudió de memoria.

Abominando estuvo
por más de un cuarto de hora
mil ridículas faltas,
mil costumbres viciosas:
la nociva pereza,
la afectada bambolla,
la arrogante ignorancia,
la envidia maliciosa.

Gustosos en extremo,
y abriendo tanta boca,
sus consejos oían
muchos de aquella tropa:
el Cordero inocente,
la siempre fiel Paloma,
el leal Perdiguero,
la Abeja artificiosa,
el Caballo obediente,
la Hormiga afanadora,
el hábil Jilguerillo,
la simple Mariposa.

Pero del auditorio
otra porción no corta,
ofendida, no pudo
sufrir tanta parola.
El Tigre, el rapaz Lobo
contra el censor se enojan.

¡Qué de injurias vomita
la Sierpe venenosa!

Murmuran por lo bajo,
zumbando en voces roncas,
el Zángano, la Avispa,
el Tábano y la Mosca.

Sálense del concurso,
por no escuchar sus glorias,
el Cigarrón dañino,
la Oruga y la Langosta.

La Garduña se encoge,
disimula la Zorra,
y el insolente Mono
hace de todo mofa.

Estaba el Elefante
viéndolo con pachorra,
y su razonamiento
concluyó en esta forma:
"A todos y a ninguno
mis advertencias tocan;
quien las siente, se culpa;
el que no, que las oiga."

Quien mis fábulas lea,
sepa también que todas
hablan a mil naciones,
no sólo a la española.

Ni de estos tiempos hablan,
porque defectos notan
que hubo en el mundo siempre,
como los hay ahora.

Y pues no vituperan
señaladas personas,
quién haga aplicaciones
con su pan se lo coma.

EL GUSANO DE SEDA Y LA ARAÑA

"Se ha de considerar la calidad de la obra, y no el tiempo que se ha tardado en hacerla"

Trabajando un Gusano su capullo,
la Araña, que tejía a toda prisa,
de esta suerte le habló con falsa risa,
muy propia de su orgullo:

"¿Qué dice de mi tela el señor Gusano?
Esta mañana la empecé temprano,
y ya estará acabada a mediodía.
Mire qué sutil es, mire qué bella..."

El Gusano con sorna respondía:
"¡Usted tiene razón: así sale ella!"

EL OSO, LA MONA Y EL CERDO

"Nunca una obra se acredita tanto de mala como cuando la aplauden los necios"

Un Oso con que la vida
ganaba un piamontés,
la no muy bien aprendida
danza ensayaba en dos pies.

Queriendo hacer de persona,
dijo a una Mona: "¿Qué tal?"
Era perita la Mona,
y respondióle: "Muy mal."

"Yo creo, replicó el Oso,
que me haces poco favor.
¡Pues qué! ¿Mi aire no es garboso?
¿No hago el paso con primor?"

Estaba el Cerdo presente,
y dijo: "¡Bravo, bien va!

Bailarín más excelente
no se ha visto ni verá."

Echó el Oso, al oír esto,
sus cuentas allá entre sí,
y con ademán modesto,
hubo de exclamar así:

"Cuándo me desaprobaba
la Mona, llegué a dudar;
más ya que el Cerdo me alaba,
muy mal debo de bailar."

Guarde para su regalo
esta sentencia un autor:
Si el sabio no aprueba, ¡malo!
Si el necio aplaude, ¡peor!

LOS DOS LOROS Y LA COTORRA

*"Los que corrompen su idioma no tienen otro desquite
que llamar puristas a los que le hablan con propiedad,
como si el serlo fuera tacha"*

De Santo Domingo trajo
dos Loros una señora.

La isla en parte es francesa,
y en otra parte española.

Así, cada animalito
hablaba distinto idioma.

Pusiéronlos al balcón,
y aquello era Babilonia.

De francés y castellano
hicieron tal pepitoria,
que al cabo ya no sabían
hablar ni una lengua ni otra.

El francés del español
tomó voces, aunque pocas;
el español al francés
casi se las tomó todas.

Manda el ama separarlos;
y el francés luego reforma
las palabras que aprendió
de lengua que no es de moda.

El español, al contrario,
no olvida la jerigonza,
y aun discurre que con ella,
ilustra su lengua propia.

Llegó a pedir en francés
los garbanzos de la olla;
y desde el balcón de enfrente
una erudita Cotorra
la carcajada soltó,
haciendo del Loro mofa.

El respondió solamente,
como por tacha afrentosa:
"Vos no sois más que una PURISTA."
Y ella dijo: "A mucha honra."

¡Vaya que los Loros son
lo mismo que las personas!

EL MONO Y EL TITIRITERO

"Sin calidad no hay buena obra"

El fidedigno padre Valdecebro,
que en discurrir historias de animales
se calentó el cerebro,
pintándolos con pelos y señales;
que en estilo encumbrado y elocuente
del unicornio cuenta maravillas
y el ave-fénix cree a pie-juntillas
(no tengo bien presente
si es en libro octavo o en el nono),
refiere el caso de un famoso Mono.

Este, pues, que era diestro
en mil habilidades, y servía
a un gran titiritero, quiso un día,
mientras estaba ausente su maestro,
convidar diferentes animales
de aquellos más amigos,
a que fuesen testigos
de todas sus monadas principales.

Empezó por hacer la mortecina;
después bailó en la cuerda a la arlequina,
con el salto mortal y la campana;
luego el despeñadero,
la espatarrada, vueltas de carnero,
y al fin el ejercicio a la prusiana.

De éstas y de otras gracias hizo alarde,
mas lo mejor faltaba todavía;
pues imitando lo que su amo hacía,
ofrecerles pensó, porque la tarde

completa fuese y la función amena,
de la linterna mágica una escena.

Luego que la atención del auditorio
con un preparatorio
exordio concilió, según es uso,
detrás de aquella máquina se puso;
y durante el manejo
de los vidrios pintados,
fáciles de mover a todos lados,
las diversas figuras
iba explicando con locuaz despejo.

Estaba el cuarto a oscuras,
cual se requiere en casos semejantes,
y aunque los circunstantes
observaban atentos,
ninguno ver podía los portentos
que con tanta parola y grave tono
les anunciaba el ingenioso Mono.

Todos se confundían, sospechando
que aquello era burlarse de la gente.

Estaba el Mono ya corrido, cuando
entró maese Pedro de repente,
e informado del lance, entre severo
y risueño, le dijo: "¡Majadero!
¿De que sirve tu charla sempiterna,
si tienes apagada la linterna?"

Perdonadme, sútiles y altas Musas,
las que hacéis vanidad de ser confusas:
¿Os puedo yo decir con mejor modo
que sin la claridad os falta todo?

EL BURRO FLAUTISTA

"Sin reglas del arte, el que en algo acierta, acierta por casualidad"

Esta fabulilla,
salga bien o mal,
me ha ocurrido ahora
por casualidad.

Cerca de unos prados
que hay en mi lugar,
pasaba un Borrico
por casualidad.

Una flauta en ellos
halló, que un zagal
se dejó olvidada
por casualidad.

Acercóse a olerla
el dicho animal,
y dio un resoplido
por casualidad.

En la flauta el aire
se hubo de colar,
y sonó la flauta
por casualidad.

"¡Oh! –dijo el Borrico–:
¡Qué bien sé tocar!
¡Y dirán que es mala
la música asnal!"

Sin reglas del arte,
borriquitos hay
que una vez aciertan
por casualidad.

LA HORMIGA Y LA PULGA

"Para no alabar las obras buenas, algunos las suponen de fácil ejecución"

Tienen algunos un gracioso modo
de aparentar que se lo saben todo;
pues cuando oyen o ven cualquiera cosa,
por más nueva que sea y primorosa,
muy trivial y muy fácil la suponen,
y a tener que alabarla no se exponen.

Esta casta de gente
no se me ha de escapar, por vida mía,
sin que lleve su fábula corriente,
aunque gaste en hacerla todo un día.

A la Pulga la Hormiga refería
lo mucho que se afana,
y con qué industrias el sustento gana,
de qué suerte fabrica el hormiguero,
cuál es la habitación, cuál el granero,
cómo el grano acarrea,
repartiendo entre todas la tarea;
con otras menudencias muy curiosas,
que pudieran pasar por fabulosas
si diarias experiencias
no las acreditasen de evidencias.

A todas sus razones
contestaba la Pulga, no diciendo
más que estas u otras tales expresiones:
"Pues ya..., sí..., se supone..., bien..., lo entiendo...,
ya lo decía yo..., sin duda..., es claro...,
está visto: ¿Tiene eso algo de raro?"

La Hormiga, que salió de sus casillas
al oír estas vanas respuestillas,
dijo a la Pulga: "Amiga, pues yo quiero
que venga usted conmigo al hormiguero.
Ya que con ese tono de maestras
todo lo facilita y da por hecho,
siquiera para muestra,
ayúdenos en algo de provecho."

La Pulga, dando un brinco muy ligera,
respondió con grandísimo desuello:

"¡Miren qué friolera!
¿Y tanto piensas que me costaría?
Todo es ponerse a ello...,
pero..., tengo que hacer..., hasta otro día."

LA PARIETARIA Y EL TOMILLO

"Nadie pretenda ser tenido por autor, sólo con poner un ligero prólogo o algunas notas a libro ajeno"

Yo leí, no sé dónde, que en la lengua herbolaria,
saludando al Tomillo la hierba Parietaria,
con socarronería le dijo de esta suerte:
"¡Dios te guarde, Tomillo!: lástima me da verte;
que aunque más oloroso que todas estas plantas,
apenas medio palmo del suelo te levantas."
El responde: "Querida: chico soy, pero crezco
sin ayuda de nadie. Yo sí te compadezco;
pues por más que presumas, ni medio palmo puedes
medrar si no te arrimas a una de esas paredes."

Cuando veo yo algunos que de otros escritores
a la sombra se arriman, y piensan ser autores
con poner cuatro notas o hacer un prologuillo,
estoy por aplicarle lo que dijo el Tomillo.

LOS DOS CONEJOS

"No debemos detenernos en cuestiones frívolas, olvidando el asunto principal"

Por entre unas matas,
seguido de perros
(no diré corría),
volaba un Conejo.

De su madriguera,
salió un compañero,
y le dijo: "Tente,
amigo; ¿qué es esto?

—¿Qué ha de ser? —responde—;
sin alientos llego....
dos pícaros galgos
me vienen siguiendo.

—Sí —replica el otro—,
por allí los veo...
pero no son galgos.

—¿Pues qué son —Podencos.

—¿Qué? ¿Podencos dices?
—Sí, como mi abuelo.
—Galgos y muy galgos,
bien vistos los tengo.

—Son podencos: vaya,
que no entiendes de eso.
—Son galgos te digo.
—Digo que podencos."

En esta disputa,
llegando los perros,
pillan descuidados
a mis dos Conejos.

Los que por cuestiones
de poco momento
dejan lo que importa,
llévense este ejemplo.

LOS HUEVOS

"No falta quien quiera pasar por autor original, cuando no hace más que repetir con corta diferencia lo que otros muchos han dicho"

Más allá de las islas Filipinas
hay una, que ni sé cómo se llama,
ni me importa saberlo, donde es fama
que jamás hubo casta de gallinas,
hasta que allá un viajero
llevó por accidente un gallinero.
Al fin tal fue la cría, que ya el plato
más común y barato
era de huevos frescos; pero todos
los pasaban por agua (que el viajante
no enseñó a componerlos de otros modos).

Luego de aquella tierra un habitante
introdujo el comerlos estrellados.

¡Oh, que elogios se oyeron a porfía
de su rara y fecunda fantasía!

Otro discurre hacerlos escalfados...
¡Pensamiento feliz! Otro, rellenos...
¡Ahora si que están los huevos buenos!
Uno después inventa la tortilla,
y todos claman ya: "¡Qué maravilla!"

No bien se pasó un año,
cuando otro dijo: "Sois unos petates;
yo los haré revueltos con tomates."
Y aquel guiso de huevos tan extraño,
con que toda la isla se alborota,
a no ser porque luego los compuso
un famoso extranjero a la Hugonota.

Esto hicieron diversos cocineros;
pero, ¡qué condimentos delicados
no añadieron después los reposteros!
Moles, dobles, hilados,
en caramelo, en leche,
en sorbete, en compota, en escabeche.

Al cabo todos eran inventores,
y los últimos huevos los mejores.

Mas un prudente anciano
les dijo un día: "Presumís en vano
de esas composiciones peregrinas.

¡Gracias al que nos trajo las gallinas!"

¿Tantos autores nuevos
no se pudieran ir a guisar huevos
más allá de las islas Filipinas?

EL PATO Y LA SERPIENTE

"Más vale saber una cosa bien que muchas mal"

A orillas de un estanque,
diciendo estaba un Pato:
"¿A que animal dio el cielo
los dones que me ha dado?

Soy de agua, tierra y aire:
cuando de andar me canso,
si se me antoja, vuelo;
si se me antoja, nado."

Una Serpiente astuta,
que le estaba escuchando,
le llamó con un silbo,
y le dijo: "¡Seor, guapo!

No hay que echar tanta plantas;
pues ni anda como el gamo,
ni vuela como el sacre,
ni nada como el barbo;
y así tenga sabido
que lo importante y raro
no es entender de todo,
sino ser diestro en algo."

EL MANGUITO, EL ABANICO Y EL QUITA-SOL

"También suele ser nulidad el no saber más que una cosa; extremo opuesto del defecto reprendido en la fábula antecedente"

Si querer entender de todo
es ridícula presunción,
servir sólo para una cosa
suele ser falta no menor.
Sobre una mesa, cierto día,
dando estaba conversación
a un Abanico y a un Manguito
un Para-aguas o Quita-sol;
y en la lengua que en otro tiempo
con la Olla el Caldero habló,
a sus dos compañeros dijo:
"¡Oh, qué buenas alhajas sois!
Tú, Manguito, en invierno sirves;
en verano vas a un rincón.
Tú, Abanico, eres mueble inútil
cuando el frío sigue al calor,
No sabéis salir de un oficio.
Aprended de mí, pese a vos,
que en invierno soy Para-aguas,
y en el verano Quita-sol."

LA RANA Y EL RENACUAJO

"Qué despreciable es la poesía de mucha hojarasca"

En la orilla del Tajo
hablaba con la Rana el Renacuajo,
alabando las hojas, la espesura
de un gran cañaveral, y su verdura.

Mas luego que del viento
el ímpetu violento
una caña abatió, que cayó al río,
en tono de lección dijo la Rana:

"Ven a verla, hijo mío;
por defuera muy tersa, muy lozana;
por dentro toda fofa, toda vana."

Si la Rana entendiera poesía,
también de muchos versos lo diría.

LA AVUTARDA

"Muy ridículo papel hacen los plagiarios que escriben centones"

De sus hijos la torpe Avutarda
el pesado volar conocía,
deseando sacar una cría
más ligera, aunque fuese bastarda.

A este fin, muchos huevos robados,
de alcotán, de jilguero y paloma,
de perdiz y de tórtola, toma,
y en su nido los guarda mezclados.

Largo tiempo se estuvo sobre ellos,
y aunque hueros salieron bastantes,
produjeron por fin los restantes
varias castas de pájaros bellos.

La Avutarda mil aves convida
por lucirlo con cría tan nueva;
sus polluelos cada ave se lleva,
y hete aquí la Avutarda lucida.

Los que andáis empollando obras de otros,
sacad, pues, a volar vuestra cría.
Ya dirá cada autor: "Esta es mía";
y veremos qué os queda a vosotros.

EL JILGUERO Y EL CISNE

"Nada sirve la fama si no corresponden las obras"

"Calla, tú, pajarillo vocinglero
(dijo el Cisne al Jilguero).

¿A cantar me provocas, cuando sabes
nunca he tenido igual entre las aves?"
El Jilguero sus trinos repetía,
y el Cisne continuaba: "¡Qué insolencia!
¡Miren cómo me insulta el musiquillo!
Si con soltar mi canto no le humillo,
dé muchas gracias a mi gran prudencia".

"¡Ojalá que cantaras!
(le respondió por fin el pajarillo).
¿Cuánto no adminarías
con las cadencias raras
que ninguno asegura haberte oído;
aunque logran más fama que las mías?..."
Quiso el Cisne cantar, y dio un graznido.
¡Gran cosa! Ganar crédito sin ciencia,
y perderle en llegando a la experiencia.

EL CAMINANTE Y LA MULA DE ALQUILER

"Los que empiezan elevando el estilo, se ven tal vez precisados a humillarle después demasiado"

Harta de paja y cebada
una Mula de alquiler
salía de la posada,
y tanto empezó a correr,
que apenas el Caminante
la podía detener.

No dudó que en un instante
su media jornada haría;
pero algo más adelante
la falsa caballería
ya iba retardando el paso.

"¿Si lo hará de picardía?...
¡Arre!... ¿Te paras?... Acaso...,
mentiendo la espuela... Nada.
Mucho me temo un fracaso.
Esta vara que es delgada...
Menos... Pues este aguijón...
Mas ¿si estará ya cansada?"
Coces tira... y mordiscón;
se vuelve contra el jinete...
"¡Oh, qué corcovo, qué envión!
Aunque las piernas pariete...
Ni por esas... ¡Voto a quién!
Barrabás que la sujete...
Por fin dio en tierra... ¡Muy bien!
¿Y eres tú la que corrías...?
¡Mal muermo te mate, amén!
No me fiaré en mis días
de mula que empiece haciendo
semejantes valentías."
Después de este lance, en viendo
que un autor ha principiado
con altisonante estruendo,
al punto digo: "¡Cuidado!
¡Tente, hombre!, que te has de ver
en el vergonzoso estado
de la Mula de alquiler."

LA ABEJA Y EL CUCLILLO

"La variedad es requisito indispensable en las obras de gusto"

Saliendo del colmenar,
dijo al Cuclillo la Abeja:
"Calla, porque no me deja
tu ingrata voz trabajar.

No hay ave tan fastidiosa
en el cantar como tú:
Cucú, cucú, y más cucú,
y siempre una misma cosa."
"¿Te cansa mi canto igual?
(el Cuchillo respondió).
Pues a fe que no hallo yo
variedad en tu panal.

Y pues que del propio modo
fabricas uno que ciento,
si yo nada nuevo invento,
en ti es viejísimo todo."

A esto la Abeja replica:
"En obra de utilidad,
la falta de variedad
no es lo que más perjudica;
pero en obra destinada
sólo al gusto y diversión,
si no es varia la invención,
todo lo demás es nada."

EL RATON Y EL GATO

"Alguno que ha alabado una obra ignorando quién es el autor, suele vituperarla después que lo sabe"

Tuvo Esopo famosas ocurrencias.
¡Qué invención tan sencilla! ¡Qué sentencias!
He de poner, pues que la tengo a mano,
una fábula suya en castellano.
"Cierto (dijo un Ratón en su agujero).
No hay prenda más amable ni estupenda
que la fidelidad; por eso quiero
tan de veras al perro perdiguero."

Un Gato replicó: "Pues esa prenda
yo la tengo también..." Aquí se asusta
mi buen ratón, se esconde,
y, torciendo el hocico, le responde:
"¡Como! ¿La tienes tú?... Ya no me gusta."
La alabanza que muchos creen justa,
injusta les parece
si ven que su contrario la merece.
¿Que tal, señor lector? La fabulilla
puede ser que le agrade, y que le instruya.

—Es una maravilla;
dijo Esopo una cosa como suya.

—Pues mire usted: Esopo no la ha escrito;
salió de mi cabeza. —¿Con que es tuya?

—Si, señor Erudito:
Ya que antes tan feliz le parecía,
critíquemela ahora porque es mía.

LA LECHUZA Y LOS PERROS, Y EL TRAPERO

"Atreverse a los autores muertos, y no a los vivos no sólo es cobardía, sino traición"

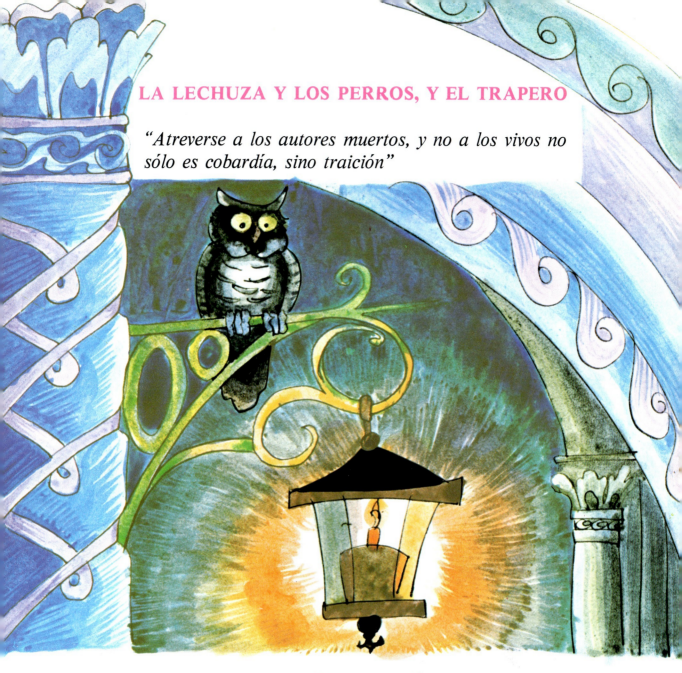

Cobardes son y traidores
ciertos críticos, que esperan,
para impugnar, a que mueran
los infelices autores
porque vivos respondieran.

Un breve caso a este intento
contaba una abuela mía.

Diz que un día en un convento
entró una Lechuza.... Miento,
que no debió ser un día;
fue, sin duda, estando el sol
ya muy lejos del ocaso...
Ella, en fin, encontró al paso
una lámpara o farol
(que es lo mismo para el caso).
Y volviendo la trasera,
exclamó de esta manera:

"Lámpara, ¡con qué deleite
te chupara yo el aceite,
si tu luz no me ofendiera!
Mas ya que ahora no puedo,
porque estas bien atizada,
si otra vez te hallo apagada,
sabré, perdiéndote el miedo,
darme una buena panzada"

Aunque renieguen de mí
los críticos de que trato,
para darles un mal rato,
en otra fábula aquí
tengo de hacer su retrato.

Estando, pues, un trapero
revolviendo un basurero
ladrábanle (como suelen
cuando a tales hombres huelen)
dos parientes del Cerbero.

Y díjoles un Lebrel:
"Dejad a ese perillán,
que sabe quitar la piel
cuando encuentra muerto un can,
y cuando vivo, huye de él."

EL PAPAGAYO, EL TORDO Y LA MARICA

"Conviene estudiar los autores originales, y no los copiantes y malos traductores"

Oyendo un Tordo hablar a un Papagayo,
quiso que él, y no el hombre, le enseñara;
y con sólo un ensayo
creyó tener pronunciación tan clara,
que en ciertas ocasiones
a una Marica daba ya lecciones.

Así salió tan diestra la Marica
como aquel que al estudio se dedica
por copias y por malas traducciones.

EL LOBO Y EL PASTOR

"El libro que de suyo es malo, no deja de serlo porque tenga tal cual cosa buena"

Cierto Lobo, hablando con cierto Pastor,
"Amigo (le dijo), yo no sé por qué
me has mirado siempre con odio y horror.
Tiénesme por malo; no lo soy a fe
Mi piel en invierno, ¡qué abrigo no da!
Achaques humanos cura más de mil;
y otra cosa tiene que seguro está
que la piquen pulgas ni otro insecto vil,
que contra el mal de ojo tienen gran virtud.

Mis dientes, ya sabes cuán útiles son,
y a cuántos con mi unto he dado salud."

El Pastor responde: "¡Perverso animal!
Maldígate el Cielo, maldígate, amén;
después que estás harto de hacer tanto mal,
¿que importa que puedas hacer algún bien?"

Al diablo los doy
tantos libros lobos como corren hoy.

EL LEON Y EL AGUILA

"Los que quieren hacer a dos partidos, suelen conseguir el desprecio de ambos"

El Aguila y el León
gran conferencia tuvieron
para arreglar entre si
ciertos puntos de gobierno.

Dio el Aguila muchas quejas
del Murciélago, diciendo:
"¿Hasta cuándo este avechucho
nos ha de traer revueltos?

Con mis pájaros se mezcla,
dándose por uno de ellos;
y alega varias razones
sobre todo la del vuelo.

Mas, si se le antoja, dice:
'Hocico, y no pico, tengo.
¿Como ave queréis tratarme?
Pues cuadrúpedo me vuelvo.'

Con mis vasallos murmura
de los brutos de tu imperio;
y cuando con éstos vive,
murmura también de aquéllos."

"Esta bien (dijo el León)
Yo te juro que en mis reinos
no entre más." "Pues en los míos
(respondió el Aguila), menos."

Desde entonces, solitario
salir de noche le vemos;
pues ni alados ni patudos
quieren ya tal compañero.

Murciélagos literarios,
que hacéis a pluma y pelo,
si queréis vivir con todos,
miraos en este espejo.

LA MONA

"Hay trajes, propios de algunas profesiones literarias, con los cuales aparentan muchos el talento que no tienen"

Aunque se vista de seda
la Mona, Mona se queda.

El refrán lo dice así;
yo también lo diré aquí,
y con eso lo verán
en fábula y en refrán.

Un traje de colorines,
como el de los matachines,
cierta Mona se vistió;
aunque más bien creo yo
que su amo la vestiría,
porque difícil sería
que tela y sastre encontraste.

El refrán lo dice: pase.
Viéndose ya tan galan,
saltó por una ventana
al tejado de un vecino,
y de allí tomó el camino
para volverse a Tetuán.

Esto no dice el refrán,
pero lo dice una historia
que de apenas hay memoria,
por ser el autor muy raro
(y poner el hecho en claro
no le habrá costado poco).

El no supo, ni tampoco
he podido saber yo,
si la Mona se embarcó,
o si rodeó tal vez
por el istmo de Suez.
Lo que averiguado está
es que por fin llegó allá.

Viose la Señora mía
en la amable compañía
de tanta Mona desnuda;
y cada cual la saluda
como a un alto personaje,
admirándose del traje,
y suponiendo sería
mucha la sabiduría,
ingenio y tino mental,
del petimetre animal.

Opinaba luego al instante,
y némine discrepante,
que a la nueva compañera
la dirección se confiera
de cierta gran correría,
con que buscar se debía
en aquél país tan vasto
la provisión para el gasto
de toda la mona tropa.

(¡Lo que es tener buena ropa!)
La directora, marchando
con las huestes de su mando,
perdió, no sólo el camino,
sino, lo que es más, el tino;
y sus necias compañeras
atravesaron laderas,
bosques, valles, cerros, llanos,
desiertos, ríos, pantanos;
y al cabo de la jornada
ninguna dio palotada;
y eso que en toda su vida
hicieron otra salida
en que fuese el Capitán
más tieso ni más galán.

Por poco no queda Mona,
a vida con la intentona;
y vieron por experiencia
que la ropa no da ciencia.

Pero, sin ir a Tetuán,
también aquí se hallarán
monos que, aunque se vistan de estudiantes
se han de quedar lo mismo que eran antes.

EL ASNO Y SU AMO

*"Quién escribe para el público, y no escribe bien,
no debe fundar su disculpa en el mal gusto del vulgo"*

"Siempre acostumbra a hacer el vulgo necio
de lo bueno y lo malo igual aprecio.
Yo le doy lo peor, que es lo que alaba."

De este modo sus yerros disculpaba
un escritor de farsas indecentes;
y un taimado poeta que lo oía,
le respondió en los términos siguientes:
"Al humilde Jumento
su dueño daba paja, y le decía:
Toma, pues que con eso estás contento.

Díjolo tantas veces, que ya un día
se enfadó el Asno, y replicó: Yo tomo
¿piensas que sólo de la paja gusto?
Dame grano y verás si me lo como."

Sepa quién para el público trabaja,
que tal vez a la plebe culpa en vano;
pues si en dándole paja, come paja,
siempre que dan grano, come grano.

EL ERUDITO Y EL RATON

"Hay casos en que es necesaria la crítica severa"

En el cuarto de un célebre Erudito
se hospedaba un Ratón, ¡Ratón maldito!
que no se alimentaba de otra cosa.
que de roerle siempre verso y prosa.

Ni de un Gatazo el vigilante celo
pudo llegarle al pelo,
ni extrañas invenciones
de varias e ingeniosas ratoneras,
o el rejalgar en dulces confecciones,
curar lograron su incesante anhelo
y acribillar las páginas enteras.

Quiso luego la trampa
que el perseguido autor diese a la estampa
sus obras de elocuencia y poesía;
y aquel bicho travieso,
si antes lo manuscrito le roía,
mucho mejor roía ya lo impreso.

"¡Qué desgracia la mía!
(El literato exclama): Ya estoy harto
de escribir para gente roedora;
y por no verme en esto, desde ahora
papel blanco no más habrá en mi cuarto.

Yo haré que este desorden se corrija..."

Pero, sí; la traidora Sabandija,
tan hecha a malas mañas, igualmente
en el blanco papel hincaba el diente.
El autor, aburrido,
echa en la tinta dosis competente
de solimán molido.

Escribe (yo no sé si en prosa o verso).
Devora, pues, el animal perverso,
y revienta por fin... ¡Feliz receta!
(Dijo entonces el crítico poeta):
"Quién tanto roe, mire no le escriba
con un poco de tinta corrosiva."

Bien hace quien su crítica modera;
pero usarle convienen más severa
contra censura injusta y ofensiva,
cuando no hablar con sincero denuedo
poca razón arguye, o mucho miedo

LA ARDILLA Y EL CABALLO

"Algunos emplean en obras frívolas tanto afán como otros en las importantes"

Mirando estaba una Ardilla
a un generoso Alazán,
que dócil a espuela y rienda,
se adiestraba en galopar.

Viéndole hacer movimientos
tan veloces y a compás,
de aquesta suerte le dijo,
con muy poca cortedad:
 "Señor mío,
 dése brío,
 ligereza
 y destreza
 no me espanto,
 que otro tanto
suelo hacer, y acaso más.
 Yo soy viva,
 soy activa,
 me meneo,
 me paseo,
 yo trabajo,
 subo y bajo,
no me estoy quieta jamás."

El paso detiene entonces
el buen Potro, y muy formal,
en los términos siguientes
respuesta a la Ardilla da:
 "Tantas idas
 y venidas,
 tantas vueltas
 y revueltas
 (quiero amiga,
 que me diga),
¿son de alguna utilidad?
 Yo me afano;
 más no en vano.
 Sé mi oficio,
 y en servicio
 de mi dueño
 tengo empeño
de lucir mi habilidad."

Conque algunos escritores
Ardillas también serán
si en obras frívolas gastan
todo el calor natural.

EL GALAN Y LA DAMA

"Cuando un autor ha llegado a ser famoso todo se le aplaude"

Cierto Galán a quien París aclama
petimetre del gusto más extraño,
que cuarenta vestidos muda al año,
y el oro y plata sin temor derrama,
celebrando los días de su dama,
unas hebillas estrenó de este estaño,
sólo para probar con este engaño,
lo seguro que estaba de su fama.

"¡Bella plata! ¡Qué brillo tan hermoso!
(dijo la Dama): ¡Viva el gusto y numen
del petimetre, en todo primoroso!"

Y ahora digo yo: Llene un volumen
de disparates un autor famoso
y si no le alabaren, que me emplumen.

EL AVESTRUZ, EL DROMEDARIO Y LA ZORRA

"También en la Literatura suele dominar el espíritu de paisanaje"

Para pasar el tiempo congregada
una tertulia de animales varios
(que también entre brutos hay tertulias),
mil especies en ella se tocaron.

Hablóse allí de las diversas prendas
de que cada animal está dotado:
Este a la hormiga alaba, aquél al perro;
quién a la abeja, quién al papagayo.

"No (dijo el Aveztruz), en mi dictamen
no hay más bello animal que el Dromedario."

El Dromedario dijo: "Yo confieso
que, sólo el Avestruz es de mi agrado."

Ninguno adivinó por qué motivo
tan raro gusto acreditaban ambos.

¿Será porque los dos abultan mucho?
¿O por tener los dos los cuellos largos?
¿O porque el Avestruz es algo simple,
y no muy divertido el Dromedario?
¿O bien porque son feos uno y otro?
¿O porque tienen en el pecho un callo?
O puede ser también... "No es nada de eso
(la Zorra interrumpió): ya di en el caso.

¿Sabéis por qué motivo el uno al otro
tanto se alaban? Porque son paisanos."

En efecto, ambos eran berberiscos;
y no fue juicio, no, tan temerario
el de la Zorra, que no pueda hacerse
tal vez igual de algunos literatos.

EL CUERVO Y EL PAVO

*"Cuándo se trata de censurar los defectos de una obra,
no deben censurarse los personajes de su autor"*

Pues, como digo, es el caso
(y vaya de cuento)
que a volar se desafiaron
un Pavo y un Cuervo.

Al término señalado
cuál llegó primero,
consedérelo quién de ambos
haya visto el vuelo.

"Aguardate (dijo el Pavo
al Cuervo de lejos).
¿Sabes lo qué estoy pensando?
Que eres negro y feo.

Escucha, **también** reparo
(le gritó más recio)
en que eres un pajarraco
de muy mal agüero.

Quita allá, que me das asco,
grandísimo puerco;
sí, que tienes por regalo
comer cuerpos muertos."

"Todo eso no viene al caso
(le responde el Cuervo),
porque aquí sólo tratamos
de ver qué tal vuelo."

Cuando en las obras del sabio
no encuentra defectos,
contra la persona cargos
suele hacer el necio

LA COMPRA DEL ASNO

"A los que compran libros sólo por la encuadernación"

Ayer por mi calle
pasaba un Borrico,
el más adornado
que en mi vida he visto.

Albarda y cabestro
eran nuevecitos,
con flecos de seda
rojos y amarillos.

Borlas y penacho
llevaba el pollino,
lazos, cascables
y otros atavíos.

Y hechos a tijera
con arte prolijo,
en pescuezo y anca
dibujos muy lindos.

Parece que el dueño,
que es, según me han dicho,
un chalán gitano
de los más ladinos,
vendió aquella alhaja
a un hombre sencillo;
y añaden que al pobre
le costó un sentido.

Volviendo a su casa,
mostró a sus vecinos
la famosa compra,
y uno de ellos dijo:

"Veamos, compadre,
si este animalito
tiene tan buen cuerpo
como buen vestido."

Empezó a quitarle
todos los aliños,
y bajo la albarda,
al primer registro,
le hallaron el lomo
así mal-ferido,
con seis mataduras
y tres lobanillos,
amén de dos grietas,
y un tumor antiguo
que bajo la cincha
estaba escondido.

"Burro (dijo el hombre),
más que el Burro mismo
soy yo, que me pago
de adornos postizos."

A fe que este lance
no echaré en olvido,
pues viene de molde
a un amigo mío,
el cuál a buen precio
ha comprado un libro
bien encuadernado
que no vale un pito.

EL BUEY Y LA CIGARRA

"Muy necio y envidioso es quién afea un pequeño descuido en una obra grande"

Arando estaba el Buey, a poco trecho,
la Cigarra, cantando, le decía:
"Ay, ay! ¡Qué surco tan torcido has hecho!"
Pero él la respondió: "Señora mía;
si no estuviera lo demás derecho,
usted no conociera lo torcido.

Calle, pues, la haragana reparona;
que a mi amo sirvo bien, y él me perdona
entre tantos aciertos, un descuido."

¡Miren quién hizo a quién cargo tan fútil!
Una cigarra al animal más útil.
Mas ¿Si me habrá entendido
el que a tachar se atreve
en obras grandes un defecto leve?

EL GUACAMAYO Y LA MARMOTA

"Ordinariamente no es escritor de gran mérito el que hace venal el ingenio"

Un pintado Guacamayo
desde un mirador veía
cómo un extranjero payo
(que saboyano sería)
por dinero una alimaña
enseñaba, muy feota,
dándola por cosa extraña;
es, a saber, la Marmota.

Salía de su cajón
aquel ridículo bicho;
y el ave, desde el balcón,
le dijo: "¡Raro capricho!
Siendo tú fea, ¡qué así
dinero por verte den,
cuando siendo hermoso, aquí
todos de balde me ven!

Puede que seas, no obstante,
algún precioso animal;
más yo tengo ya bastante
con saber que eres venal".

Oyendo esto un mal autor,
se fue como avergonzado.

¿Por qué? Porque un impresor
le tenía asalariado.

EL RETRATO DE GOLILLA

"Si es vicioso el uso de voces extranjeras modernamente introducidas, también lo es, por el contrario, el de las anticuadas"

De frase extanjera el mal pegadizo
hoy a nuestro idioma gravemente aqueja;
pero habrá quién piense que no habla castizo
si por lo anticuado lo usado no deja.

Voy a entretenelle con una conseja;
y por que le traiga más contanmiento,
en su mesmo estilo referilla intento,
mezclando dos hablas, la nueva y la vieja.

No sin hartos celos un pintor de hogaño
vía como agora gran loa y valía
alcanzan algunos retratos de antaño;
y el no remedallos a mengua tenía.

Por ende, queriendo retratar un día
a cierto rico-home, señor de gran cuenta,
juzgó que lo antiguo de la vestimenta
estima de rancio al cuadro daría.

Segundo Velázquez creyó ser con esto;
y ansí que del rostro toda la semblanza
hubo trasladado, golilla le ha puesto,
y otros atavíos a la antigua usanza.

La tabla a su dueño lleva sin tardanza,
el cual espantado fincó desque vido
con añejas galas su cuerpo vestido,
magüer que le plugo la faz abastanza.

Empero una traza le vino a las mientes,
con que el retratante dar en galardón.

Guardaba, heredadas de sus ascendientes,
antiguas monedas en un viejo arcón.

Del Quinto Fernando muchas de ellas son,
allende de algunas de Carlos Primero,
de entrambos Filipos Segundo y Tercero;
y henchido de todas le endonó un bolsón.

"Con estas monedas, o siquier medallas
(el pintor le dice), si voy al mercado
cuando me cumpliere comprar vituallas
tornaré a mi casa con un buen recado."

"¡Pardiez! (dijo el otro), ¿no me habéis pintado
en traje que un tiempo fue muy señoril,
y agora le viste sólo un alguacil?
Cuál me retratastéis, tal os he pagado.

Llevaos la tabla, y el mi corbatín
pintadme al proviso en vez de golilla;
cambiadme esa espada en el mi espadín,
y en la mi casaca trocad la ropilla;
ca non habrá naide en toda la villa
que, al verme en tal guisa, conozca mi gesto.

Vuestra paga entonces contaros-he presto
en buena moneda corriente en Castilla."

Ora, pues, si a risa provoca la idea,
que tuvo aquel sandio moderno pintor,
¿no hemos de reírnos siempre que chochea
con ancianas frases un novel autor?

Lo que es afectado juzga que es primor,
habla puro a costa de la claridad,
y no halla voz baja para nuestra edad,
si fue noble en tiempo del Cid Campeador.

LOS DOS HUESPEDES

"Las portadas ostentosas de los libros engañan mucho"

Pasando por un pueblo
de la montaña,
dos caballeros mozos
buscan posada.

De dos vecinos
reciben mil ofertas
los dos amigos.

Porque a ninguno quieren
hacer desaire,
en casa de uno y otro
van a hospedarse.

De ambas mansiones
cada huésped la suya
a gusto escoge.

La que el uno prefiere
tiene un gran patio
y bello frontispicio,
como un palacio.

Sobre la puerta
su escudo de armas tiene,
hecho de piedra.

La del otro la vista
no eran tan grande,
más dentro no faltaba
donde alojarse.

Como que había
piezas de muy buen temple,
claras y limpias.

Pero el otro palacio
del frontispicio
era, además de estrecho,
oscuro y frío.

Mucha portada,
y por dentro desvanes
a teja vena.

El que allí paso un día
mal hospedado,
contaba al compañero
el fuerte chasco.

Pero él le dijo:
"Otros chascos como ése,
dan muchos libros."

EL TE Y LA SALVIA

"Algunos sólo aprecian la literatura extranjera, y no tienen la menor noticia de la de su nación"

El Té, viniendo del imperio chino,
se encontró con la Salvia en el camino.
Ella le dijo: "¿A dónde vas, compadre?"

"A Europa voy, comadre,
donde sé que me compran a buen precio."

"Yo (respondió la Salvia) voy a China,
que allá con sumo aprecio
me reciben por gusto y medicina.

En Europa me tratan de salvaje,
y jamás he podido hacer fortuna."

"Anda con Dios. No perderás el viaje;
pues no hay nación alguna
que a todo lo extranjero
no dé con gusto aplausos y dinero."

La Salvia me perdone,
que al comercio su máxima se opone.

Si hablase del comercio literario,
yo no defendería lo contrario;
porque en él, para algunos es un vicio
lo que es en general un beneficio,
y español que tal vez recitaría
quinientos versos de Boileau y el Tasso,
puede ser que no sepa todavía
en qué lengua los hizo Garcilaso.

EL GATO, EL LAGARTO Y EL GRILLO

Ello es que hay animales muy científicos
en curarse con varios específicos,
y en conservar su construcción orgánica,
como hábiles que son en la botánica;
pues conocen las hierbas diuréticas,
catárticas, narcóticas, eméticas,
febrífugas, estípticas, prolíficas,
cefálicas también y sudoríficas.

En esto era gran práctico y teórico
un Gato, pedantísimo retórico,
que hablaba en un estilo tan enfático
como el más estirado catedrático.

Yendo a caza de plantas salutíferas,
dijo a un Lagarto: "¡Qué ansias tan mortíferas!
Quiero por mis turgencias semihidrópicas,
chupar el zumo de hojas heliotrópicas."

Atónito el Lagarto con lo exótico
de todo aquel preámbulo estrambótico
no entendió más la frase macarrónica
que si le hablasen lengua babilónica.

Pero notó que el charlatán rídiculo,
de hojas de girasol llenó el ventrículo,
y le dijo: "Ya, en fin, señor Hidrópico,
he entendido lo que es zumo heliotrópico."

¡Y no es bueno que un Grillo, oyendo el diálogo,
aunque se fue en ayunas del catálogo
de términos tan raros y magníficos,
hizo del Gato elogios honoríficos!
Sí; que hay quien tiene la hinchazón por mérito,
y el hablar liso y llano por demérito.

Mas ya que esos amantes de hiperbólicas
cláusulas y metáforas diabólicas,
de retumbantes voces el depósito
apuran, aunque salga un despropósito,
caiga sobre su estilo problemático
este apólogo esdrújulo-enigmático.

LA MUSICA DE LOS ANIMALES

"Cuando se trata de una obra entre muchos, cada uno quiere apropiársela si es buena, y echa la culpa a los otros si es mala"

Atención, noble auditorio,
que la bandurria he templado,
y han de dar gracias cuando oigan
la jácara que les canto.

En la corte del león,
día de su cumpleaños,
unos cuantos animales

dispusieron un sarao;
y para darle principio
con el debido aparato,
creyeron que una academia
de música era el caso.

Como en esto de elegir
los papeles adecuados
no todas veces se tienen
el acierto necesario,
ni hablaron del ruiseñor,
ni del mirlo se acordaron,
ni se trató de calandria,
de jilguero ni canario.

Menos hábiles cantores,
aunque más determinados,
se ofrecieron a tomar
la diversión a su cargo.

Antes de llegar la hora
del canticio preparado,
cada músico decía:

"¡Ustedes verán qué rato!"
Y al fin la capilla junta
se presenta en el estrado,
compuesta de los siguientes
diestrísimos operarios:

Los tiples eran dos grillos;
rana y cigarra, contraltos;
dos tábanos, los tenores:
el cerdo y el burro, bajos.

Con qué agradable cadencia,
con qué acento delicado
la música sonaría,
no es menester ponderarlo.

Baste decir que los más
las orejas se taparon,
y por respeto al león,
disumularon el chasco.

La rana por los semblantes
bien conoció, sin embargo,
que habían de ser muy pocas
las palmadas y los bravos.

Salióse del corro y dijo:
"¡Cómo desentona el asno!"
Este replicó: "Los tiples
si que están desentonados."

"Quien lo echa todo a perder
(añadió un grillo chillando)
es el cerdo." "Poco a poco
(respondió luego el marrano);
nadie desafina más
que la cigarra contralto."

"Tenga modo y hable bien
(saltó la cigarra). Es falso,
esos tábanos tenores,
son los autores del daño."

Cortó el león la disputa,
diciendo: "¡Grandes bellacos!
¿Antes de empezar la solfa,
no la estábais celebrando?
Cada uno para sí
pretendía los aplausos,
como que se debería
todo el acierto a su canto.

Mas viendo ya que el concierto
es un infierno abreviado,
nadie quiere parte en él,
y a los otros hace cargos.

Jamás volváis a poneros
en mi presencia: ¡Mudaos!
Que si otra vez me cantáis,
tengo de hacer un estrago."

¡Así permitiera el Cielo
que sucediera otro tanto
cuando, trabajando a escote
tres escritores o cuatro,
cada cual quiere la gloria
si es bueno el libro, u mediano,
y los compañeros tienen
la culpa si sale malo!

LA ESPADA Y EL ASADOR

"Contra dos especies de malos traductores"

Sirvió en muchos combates una espada
tersa, fina, constante, bien templada,
la más famosa que salió de mano
de insigne fabricante toledano.

Fue pasando a poder de varios dueños,
y airosos los sacó de mil empeños.

Vendióse en almonedas diferentes
hasta que por extraños accidentes
vino, en fin, a parar (¡quién lo diría!)
a un oscuro rincón de una hostería,
donde, cual mueble inútil, arrimada,
se tomaba de orín. Una criada,
por mandado de su amo, el posadero,
que debía de ser gran majadero,
se la llevó una vez a la cocina,
atravesó con ella una gallina,
y héteme un asador hecho y derecho
la que una espada fue de honra y provecho.

Mientras esto pasaba en la posada,
en la corte comprar quiso una espada
cierto recién llegado forastero,
transformado de payo en caballero.

El espadero, viendo que al presente
es la espada un adorno solamente,
y que pasa por buena cuelquier hoja,
siendo de moda el puño que se escoja,
díjole que volviese al otro día.

Un asador que en su cocina había
luego desbasta, afila y acicala,
y por espada de Tomás de Ayala,
al pobre forastero, que no entiende
de semejantes compras, se le vende,
siendo tan picarón el espadero
como fue mentecato el posadero.

Mas, ¿de igual ingnorancia o picardía
nuestra nación quejarse no podría
contra los traductores de dos clases,
que infestada la tienen con sus frases?
Unos traducen obras celebradas,
y en asadores vuelven las espadas;
otros hay que traducen las peores,
y venden por espadas, asadores.

LOS CUATRO LISIADOS

"Las obras que un particular puede desempeñar por si sólo no merece se emplee en ellas el trabajo de muchos hombres"

Un mudo, a nativitate,
y más sordo que una tapia,
vino a tratar con un ciego
cosas de poca importancia.

Hablaba al ciego por señas,
que para el mudo eran claras;
más hízole otras el mudo,
y él a oscuras se quedaba.

En este apuro, trajeron,
para que los ayudara,
a un camarada de entrambos,
que era manco por desgracia.

Este las señas del mudo
trasladaba con palabras,
y por aquel medio el ciego
del negocio se enteraba.

Por último resultó,
de conferencia tan rara,
que era preciso escribir
sobre el asunto una carta.

"Compañeros (saltó el manco),
mi auxilio a tanto no alcanza;
pero a escribirla vendrá
el dómine, si le llaman."

"¿Qué ha de venir (dijo el ciego),
si es cojo, que apenas anda?
Vamos, será menester
ir a buscarle a su casa."
Así lo hicieron y al fin
el cojo escribe la carta.

Díctanla el ciego y el manco,
y el mudo parte a llevarla.

Para el consabido asunto
con dos personas sobraba;
más, como eran ellas tales,
cuatro fueron necesarias.

Y a no ser porque ha tan poco
que en un lugar de la Alcarria
acaeció esta aventura,
testigos más de cien almas,
bien pudiera sospecharse
que estaba adrede inventada
por alguno que con ella
quiso pintar lo que pasa
cuando, juntándose muchos
en pandilla literaria,
tienen que trabajar todos
para una gran patarata.

EL POLLO Y LOS DOS GALLOS

"No ha de considerarse en un autor la edad, sino el talento"

Un Gallo, presumido
de luchador valiente,
y un Pollo algo crecido,
no sé por qué accidente
tuvieron sus palabras, de manera
que armaron una brava pelotera.

Diose el Pollo tal maña,
que sacudió a mi Gallo lindamente,
quedando ya por suya la campaña,
y el vencido sultán de aquel serrallo
dijo, cuando el contrario no le oía:
"¡Eh!, con el tiempo no será mal Gallo;
el pobrecillo es mozo todavía".

Jamás volvió a meterse con el Pollo;
más en otra ocasión, por cierto embrollo,
teniendo un choque con un Gallo anciano,
guerrero veterano,
apenas le quedó pluma ni cresta,
y dijo al retirarse de la fiesta:
"Si no mirara que es un pobre viejo...
Pero chochea y por piedad le dejo."

Quien se meta en contienda,
verbigracia, de asunto literario,
a los años no atienda,
sino a la habilidad de su adversario.

LA URRACA Y LA MONA

"El verdadero caudal de erudición no consiste en hacinar muchas noticias, sino en recoger con elección las útiles y necesarias"

A una Mona
muy taimada
dijo un día
cierta Urraca:

"Si vinieras
a mi estancia,
¡cuántas cosas
te enseñara!
Tú bien sabes
con qué maña
robo y guardo
mil alhajas.

Ven, si quieres,
y veráslas
escondidas
tras de un arca."

La otra dijo:
"Vaya en gracia";
y al paraje
la acompaña.

Fue sacando
doña Urraca
una liga
colorada,
un tontillo
de casaca,
una hebilla,
dos medallas,
la contera
de una espada,
medio peine,
y una vaina
de tijeras,
una gasa,
un mal cabo
de navaja,

tres clavijas
de guitarra,
y otras muchas
zarandajas.

"¿Qué tal?", dijo.
"Vaya, hermana,
¿no me envidia?
¿No se pasma?
A fe que otra
de mi casta
en riqueza
no me iguala."

Nuestra Mona
la miraba
con un gesto
de bellaca;
y al fin dijo:

"¡Patarata!
Han juntado
lindas maulas.

Aquí tienes
quien te gana,
porque es útil
lo que guarda.

Si no, mira
mis quijadas.

Bajo de ellas,
camarada,
hay dos buches
o papadas,
que se encogen
y se ensanchan.

Como aquello
que me basta,
y el sobrante
guardo en ambas
para cuando
me haga falta.

Tú amontonas,
mentecata,

trapos viejos,
y morralla;

mas yo, nueces,
avellanas,
dulces, carne
y otras cuantas
provisiones
necesarias."

¿Y esta Mona
redomada
habló sólo
con la Urraca?
Me parece
que más habla
con algunos,
que hacen gala
de confusas
misceláneas
y fárrago
sin sustancia.

EL RUISEÑOR Y EL GORRION

"Nadie crea saber tanto que no tenga más que aprender"

Siguiendo el son del organillo un día,
tomaba el Ruiseñor lección de canto,
y a la jaula llegándose entretanto
el Gorrión parleto, así decía:

"¡Cuánto me maravillo
de ver que de ese modo
un pájaro tan diestro
a un discípulo tiene por maestro!
Porque al fin lo que sabe el organillo
a ti lo debe todo."

"A pesar de eso (el Ruiseñor replica),
si él aprendió de mi, yo de él aprendo.

A imitar mis caprichos él se aplica;
yo los voy corrigiendo
con arreglarme al arte que él enseña,
y así pronto verás lo que adelanta
un Ruiseñor que con escuela canta."

¿De aprender se desdeña
el literato grave?
Pues más debe estudiar el que más sabe.

EL JARDINERO Y SU AMO

"La perfección de una obra consiste en la unión de lo útil y de lo agradable"

En un jardín de flores
había una gran fuente,
cuyo pilón servía
de estanque a carpas, tencas y otros peces.

Unicamente al riego
el jardinero atiende,
de modo que entretanto
los peces, agua en que vivir no tienen.

Viendo tal desgobierno,
su amo le reprende;
pues aunque quiere flores,
regalarse con peces también quiere.

Y el rudo jardinero
tan puntual le obedece,
que las plantas no riega
para que el agua del pilón no merme.

Al cabo de algún tiempo
el amo al jardín vuelve,
halla secas las flores,
y amostazado, dice de esta suerte:

"Hombre, no riegues tanto,
que me quede sin peces;
ni cuides tanto de ellos,
que sin flores, gran bárbaro, me dejes".

La máxima es trillada,
más repetirse debe:
Si al pleno acierto aspiras,
une la utilidad con el deleite.

LOS DOS TORDOS

"No se han de apreciar los libros por su bulto ni por su tamaño"

Persuadía un tordo abuelo,
lleno de años y prudencia,
a un tordo, su nietezuelo,
mozo de poca experiencia,
a que, acelerando el vuelo,
viniese con preferencia
hacia una poblada viña
e hiciese allí su rapiña.

"¿Esa viña dónde está?
(le pregunta al mozalbete),
¿y qué fruto es el que da?"
"Hoy te espera un gran banquete
(dice el viejo), ven acá;
aprende a vivir, pobrete."

Y no bien lo dijo, cuando
las uvas le fue enseñando.

Al verlas saltó el rapaz:
"¿Y esta es la fruta alabada
de un pájaro tan sagaz?
¡Qué chica!, ¡qué desmedrada!
¡Ea, vaya! Es incapaz
que eso pueda valer nada.
Yo tengo fruta mayor
en una huerta, y mejor."

"Veamos (dijo el anciano);
aunque sé que más valdrá
de mis uvas sólo un grano."

A la huerta llegan ya,
y el joven exclama ufano:

"¡Qué fruta! ¡Qué gorda está!
¿No tiene excelente traza?
¿Y que era? Una calabaza."

Que un tordo en este engaño
caiga, no lo dificultó,
pero es mucho más extraño
que hombre tenido por culto
aprecie por el tamaño
los libros, y por el bulto.
Grande es, si es buena, una obra;
si es mala, toda ella sobra.

EL FABRICANTE DE GALONES Y LA ENCAJERA

*"No basta que sea buena la materia de un escrito;
es menester que también lo sea el modo de tratarla"*

Cerca de una encajera
vivía un fabricante de galones.

"Vecina, ¡quién creyera
(le dijo) que valiesen más doblones
de tu encaje tres varas
que diez de un galón de oro de dos caras!"

"De qué a tu mercancía
(esto es lo que ella respondió al vecino)
tanto exceda la mía,
aunque en oro trabajas, y yo en lino,
no debes admirarte,
pues más que la materia vale el arte."

Quien desprecie el estilo,
y diga que a las cosas sólo atiende,
advierta que si el hilo
más que el noble metal caro se vende,
también da la elegancia
su principal valor a la sustancia.

EL CAZADOR Y EL HURON

"A los que se aprovechan de las noticias de otros y tienen la ingratitud de no citarlos"

Cargado de conejos,
y muerto de calor,
una tarde de lejos
a su casa volvía un Cazador.

Encontró en el camino,
muy cerca del lugar,
a un amigo y vecino,
y su fortuna le empezó a contar.

"Me afané todo el día
(le dijo); pero ¡qué!,
si mejor cacería
no la he logrado ni la lograré.

Desde por la mañana
es cierto que sufrí
una buena solana;
más mira qué gazapos traigo aquí.

Te digo y te repito,
fuera de vanidad,
que en todo este distrito
no hay cazador de más habilidad."

Con el oído atento
escuchaba un Hurón
este razonamiento,
desde el corcho en que tiene su mansión.

Y el puntiagudo hocico
sacando por la red,
dijo a su amo: "Suplico
dos palabritas, con perdón de usted.

Vaya, ¿cuál de nosotros
fue el que más trabajó?
¿Esos gazapos y otros
quién se los ha cazado sino yo?

¡Patrón! ¿Tan poco valgo,
que me tratan así?
Me parece que en algo
bien se pudiera hacer mención de mí."

Cualquiera pensaría
que este aviso moral
seguramente haría
al Cazador gran fuerza; pues no hay tal.

Se quedó tan sereno
como ingrato escritor
que del auxilio ajeno
se aprovecha, y no cita al bienhechor.

EL GALLO; EL CERDO Y EL CORDERO

"Suelen ciertos autores sentar como principios infalibles del arte aquellos mismos que ellos practican"

Había en un corral un gallinero;
en este galinero un Gallo había;
y detrás del corral, en un chiquero,
un Marrano gordísimo yacía.

Item más, se criaba allí un Cordero,
todos ellos en buena compañía;
y ¿quién ignora que estos animales
juntos suelen vivir en los corrales?

"Pues —(con perdón de ustedes) el Cochino
dijo un día al Cordero—: ¡Qué agradable,
qué feliz, qué pacífico destino
es el poder dormir! ¡Qué saludable!
Yo te aseguro, como soy gorrino,

que no hay, en esta vida miserable,
gusto como tenderse a la bartola,
roncar bien y dejar rodar la bola".

El Gallo por su parte al tal Cordero
dijo en otra ocasión: "Mira, inocente,
para estar sano, para andar ligero,
es menester dormir muy parcamente.

El madrugar, en julio o en febrero,
con estrellas, es método prudente,
porque el sueño entorpece los sentidos,
deja los cuerpos flojos y abatidos".

Confuso, ambos dictámenes coteja
el simple Corderillo, y no adivina
que lo que cada uno le aconseja
no es más que aquello mismo a que se inclina.

Acá entre los autores ya es muy vieja,
la trampa de sentar como doctrina
y gran regla, a la cual nos sujetamos,
lo que en nuestros escritos practicamos.

EL PEDERNAL Y EL ESLABON

*"La Naturaleza y el arte han de ayudarse
recíprocamente"*

Al eslabón de cruel
trató el pedernal un día
porque a menudo le hería
para sacar chispas de él.
Riñendo éste con aquél,
al separarse los dos,
"Quedaos, dijo, con Dios.
¿Valéis algo sin Mí?"
Y el otro responde: "Sí,
lo que sin mí valéis vos."

Este ejemplo material
todo escritor considere,
que el largo estudio no uniere
al talento natural.
Ni da lumbre el pedernal
sin auxilio de eslabón,
ni hay buena disposición
que luzca faltando el arte.
Si obra cada cual aparte,
ambos inútiles son.

EL JUEZ Y EL BANDOLERO

"La costumbre inveterada no debe autorizar lo que la razón condena"

Prendieron por fortuna a un Bandolero,
a tiempo cabalmente
que de vida y dinero
estaba despojando a un inocente.

Hízole cargo el Juez de su delito,
y él respondió: "Señor, desde chiquito
fui gato feliz en raterías;
luego hebillas, relojes, capas, cajas,
espadines robé, y otras alhajas,
después, ya entrado en días,
escalé casas; y hoy, entre asesinos,
soy salteador famoso de caminos.

Conque, vuesaseñoría no se espante
de que yo robe y mate a un caminante;
porque éste y otros daños
los he estado yo haciendo cuarenta años."

¿Al Bandolero culpan?
Pues, ¿por ventura dan mejor salida
los que, cuando disculpan
en las letras su error a su mal gusto,
alegan la costumbre envejecida
contra el dictamante racional y justo?

LA CRIADA Y LA ESCOBA

"Hay correctores de obras ajenas que añaden más errores de los que corrigen"

Cierta criada la casa barría
con una escoba muy puerca y muy vieja.

"Reniego yo de la escoba (decía);
con su basura y pedazos que deja
por donde pasa,
aún más ensucia que limpia la casa."

Los remendones, que escritos ajenos
corregir piensan, acaso de errores
suelen dejarlos diez veces más llenos...
Mas no haya miedo que de estos señores
diga yo nada.
Que se lo diga por mí la criada.

EL NATURALISTA Y LAS LAGARTIJAS

"A ciertos libros se les hace demasiado favor en criticarlos"

Vio en una huerta
dos Lagartijas
cierto curioso
Naturalista.

Cógelas ambas
y a toda prisa
quiere hacer de ellas
anatomía.

Ya me ha pillado
la más rolliza;
miembro por miembro
ya me la trincha;
el microscopio
luego le aplica.

Patas y cola,
pellejo y tripas,

ojos y cuello,
lomo y barriga,
todo lo aparta
y lo examina.

Toma la pluma,
de nuevo mira,
escribe un poco,
recapacita.

Sus mamotretos,
después registra;
vuelve a la propia
carnicería.

Varios curiosos
de su pandilla
entran a verle;
dáles noticia

de lo que observa;
unos se admiran,
otros preguntan,
otros cavilan.

Finalizada
la anatomía,
cansóse el sabio
de Lagartija.

Soltó la otra,
que estaba viva.

Ella se vuelve
a sus rendijas,
en donde hablando
con sus vecinas,
todo el suceso
les participa.

"No hay que dudarlo,
no (las decía);
con estos ojos
lo vi yo misma.
Se ha estado el hombre
todito un día
mirando el cuerpo
de nuestra amiga.

¿Y hay quién nos trate
de sabandijas?
¿Cómo se sufre
tal injusticia,
cuando tenemos
cosas tan dignas
de contemplarse
y andar escritas?

¡No hay que abatirse
noble cuadrilla!
Valemos mucho,
por más que digan."
¡Y querrán luego
que no se engrían
ciertos autores
de obras inicuas!
Los honra mucho
quién los critica.

No seriamente,
muy por encima,
deben notarse
sus tonterías;
que hacer gran caso
de Lagartijas;
es dar motivo
de que repitan:
"¡Valemos mucho,
por más que digan!"

LA DISCORDIA DE LOS RELOJES

"Los que piensan que con citar una autoridad, buena o mala, quedan disculpados de cualquier yerro, no advierten que la verdad no puede ser más de una, aunque las opiniones sean muchas"

Convidados estaban a un banquete
diferentes amigos, y uno de ellos,
que, faltando a la hora señalada,
llegó después de todos, pretendía
disculpar su tardanza. "¿Qué disculpa
nos podrás alegar?" (le replicaron).

El sacó su reloj, mostróle y dijo:
"¿No ven ustedes cómo vengo a tiempo?
las dos en punto son". "¡Qué disparate!
(le respondieron); tu reloj atrasa
más de tres cuartos de hora." "¡Pero, amigos!
(exclama el tardío convidado),
¿qué más puedo yo hacer que dar el texto?"
que era este señor mío como algunos
que un absurdo cometen, y se excusan
con la primera autoridad que encuentran.

Pues, como iba diciendo de mi cuento,
todos los circunstantes empezaron
a sacar sus relojes en apoyo
de la verdad. Entonces advirtieron
que uno tenía el cuarto, otro la media,
otro las dos y veintiséis minutos,
éste catorce más, aquél diez menos;
no hubo dos que conformes estuvieran.
En fin, todo era dudas y cuestiones.

Pero, a la Astronomía cabalmente
era el amo de casa aficionado;
y consultando luego su infalible,
arreglado a una exacta meridiana,
halló que eran las tres y dos minutos,
con lo cual puso fin a la contienda,
y concluyó diciendo: "¡Caballeros!
Si contra la verdad piensan que vale
citar autoridades y opiniones,
para todos las hay; mas, por fortuna,
ellas pueden ser muchas, y ella es una."

EL TOPO Y OTROS ANIMALES

"Nadie confiesa su ignorancia por más patente que ella sea"

Ciertos animalitos
todos de cuatro pies,
a la gallina ciega
jugaban una vez.

Un Perillo, una Zorra
y un Ratón, que son tres;
una Ardilla, una Liebre y
un Mono, que son seis.

Este a todos vendaba
los ojos, como es
el que mejor se sabe
de las manos valer.

Oyó un Topo la bulla
y dijo: "Pues, pardiez,
que voy allá, y en rueda
me he de meter también."

Pidió que le admitiesen;
y el Mono, muy cortés,
se lo otorgó (sin duda,
para hacer burla de él).

El Topo a cada paso
daba veinte traspiés,
porque tiene los ojos
cubiertos de una piel;
y a la primera vuelta,
como era de creer,
facilísimamente
pillan a su merced.

De ser gallina ciega
le tocaba la vez;
y ¿quién mejor podía
hacer este papel?

Pero él, con disimulo,
por el bien parecer,
dijo al Mono: "¿Qué hacemos?
Vaya, ¿me venda usted?"

Si el que es ciego, y lo sabe,
aparenta que ve,
¿quién sabe que es idota,
confesará que lo es?

EL VOLATIN Y SU MAESTRO

"En ninguna facultad puede adelantar el que no se sujeta a principios"

Mientras de un Volatín bastante diestro
un principiante mozalbillo toma
lecciones de bailar en la maroma,
le dice: "Vea usted señor Maestro,
cuánto me estorba y cansa este gran palo
que llamamos chorizo o contrapeso;
cargar con un garrote largo y grueso
es lo que en nuestro oficio hallo yo malo.

¿A qué fin quiere usted que me sujete,
si no me faltan fuerzas ni soltura?
¿Por ejemplo, este paso, esta postura
no la haré yo mejor sin el zoquete?

Tenga usted en cuenta... No es difícil... Nada..."
Así decía, y suelta el contrapeso.
El equilibrio pierde... ¡Adiós! ¿Qué es eso?
¿Qué ha de ser? Una buena costalada.

"¡Lo que es auxilio juzgas embarazo,
incauto joven! (el Maestro dijo).
¿Huyes del arte y método? ¡Pues, hijo,
no ha de ser éste el último porrazo!"

EL SAPO Y EL MOCHUELO

"Hay pocos quedensus obras a la luz con aquella desconfianza y temor que debe tener todo escritor sensato"

Escondido en el tronco de un árbol
estaba un Mochuelo;
y pasando no lejos un Sapo,
le vio medio cuerpo.

"¡Ah de arriba, señor solitario!
(dijo el tal escuerzo).
Saque usted la cabeza, y veamos
si es bonito o feo."

"No presumo de mozo gallardo,
(respondió el de adentro);
y aun por eso al salir a lo claro
apenas me atrevo;

pero usted, que de día su garbo
nos viene luciendo,
¿no estuviera mejor agachado
en otro agujero?"

¡Oh, que de pocos autores tomamos
este buen consejo!

Siempre damos a luz, aunque malo,
cuanto componemos;
y tal vez fuera bien sepultarlo;
pero ¡ay, compañero!,
más queremos ser públicos Sapos
que ocultos Mochuelos.

EL BURRO DEL ACEITERO

"A los que juntan muchos libros y ninguno leen"

En cierta ocasión un cuero
lleno de aceite llevaba
un Borrico, que ayudaba
en su oficio a un aceitero.

A paso un poco ligero
de noche en su cuadra entraba,
y de una puerta en la aldaba,
se dio el golpazo más fiero.

"¡Ay! (clamó). ¿No es cosa dura
que tanto aceite acarree,
y tenga la cuadra oscura?"

Me temo que se mosquee
de este cuento quien procura
juntar libros que no lee.

¿Se mosquee? Bien está;
pero este tal, ¿por ventura
mis fábulas leerá?

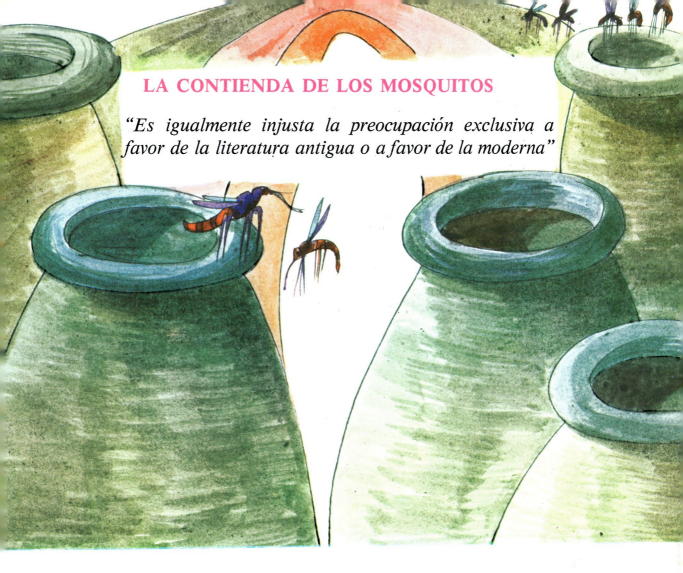

LA CONTIENDA DE LOS MOSQUITOS

"Es igualmente injusta la preocupación exclusiva a favor de la literatura antigua o a favor de la moderna"

Diabólica refriega
dentro de una bodega
se trabó entre infinitos
bebedores Mosquitos.

(Pero extraño una cosa:
que el buen Villaviciosa
no hiciese en su Mosquea
mención de esta pelea.)

Era el caso que muchos,
expertos y machuchos,
con tesón defendían
que ya no se cogían
aquellos vinos puros,
generosos, maduros,
gustosos y fragantes,
que se cogían antes.

En sentir de otros varios,
a esta opinión contrarios,
los vinos excelentes,
eran los más recientes,
y del opuesto bando
se burlaban, culpando
tales ponderaciones
como declamaciones
de apasionados jueces
amigos de vejeces.

Al agudo zumbido
de uno y otro partido
se hundía la bodega,
cuando héteme que llega
un anciano Mosquito,
catador muy perito,
y dice, echando un taco:

"¡Por vida del dios Baco!...
(entre ellos ya se sabe
que es juramento grave).

Donde estoy, ninguno
dará más oportuno
ni más fundado voto;
cese ya el alboroto.

A fe de buen navarro,
que en tonel, bota o jarro,
barril, tinaja o cuba,
el jugo de la uva,
difícilmente evita
mi cumplida visita;
y en esto de catarle,
distinguirle y juzgarle,
puedo poner escuela
de Jerez a Tudela,
de Málaga a Peralta,
de Canarias a Malta,
de Oporto a Valdepeñas.

Sabed, por estas señas,
que es un gran desatino
pensar que todo vino
que desde su cosecha
cuenta larga la fecha,
fue siempre aventajado.

Con el tiempo ha ganado
en bondad, no lo niego;
pero si él, desde luego,
mal vino hubiera sido,
ya se hubiera torcido;
y al fin también había,
lo mismo que en el día,
en los siglos pasados,
vinos avinagrados.

Al contrario, yo pruebo
a veces vino nuevo,
que apostarlas pudiera
al mejor de otra Era.

Y si muchos agostos
pasan por ciertos mostos
de los que hoy se reprueban,
puede ser que los beban
por vinos exquisitos
los futuros mosquitos.

Basta ya de pendencia;
y por final sentencia
el mal vino condeno,
le chupo cuando es bueno,
y jamás averiguo
si es moderno o antiguo."

Mil doctos importunos,
por lo antiguo los unos,
otros por lo moderno,
sigan litigio eterno.
Mi texto favorito
será siempre el Mosquito.

LA RANA Y LA GALLINA

"Al que trabaja algo, puede disimulársele que lo pregone; el que nada hace, debe callar"

Desde un charco una parlera Rana
oyó cacarear a una Gallina.

"Vaya (le dijo), no creyera, hermana,
que fueras tan incómoda vecina.

Y con toda esta bulla, ¿que hay de nuevo?
¿Un huevo solo? ¡Y alborotas tanto!"
"¿Te espantas de eso, cuando no me espanto
de oírte como graznas noche y día?
Yo, porque sirvo de algo, lo publico;
tú, que de nada sirves, calla el pico."

EL ESCARABAJO

"Lo delicado y lo bueno de las buenas letras no agrada a los que se entregan al estudio de una erudición pesada y de mal gusto"

Tengo para una fábula un asunto
que pudiera muy bien... pero algún día
suele no estar la musa muy en punto.

Esto es lo que hoy me pasa con la mía;
y regalo el asunto a quien tuviere
más despierta que yo la fantasía.

Porque esto de hacer fábulas requiere
que se oculte en los versos el trabajo,
lo cual no sale siempre que uno quiere.

Será, pues, un pequeño Escarabajo
el héroe de la fábula dichosa.
porque conviene un héroe vil y bajo.

De este insecto refieren una cosa:
que, comiendo cualquiera porquería,
nunca pica las hojas de la rosa.

Aquí el autor con toda su energía
irá explicando como Dios le ayude,
aquella extraordinaria antipatía.

La mollera es precio que le sude
para insertar después una advertencia
con que entendamos a lo que esto alude;
y según le dictare su prudencia
echará circunloquios y primores,
con tal que diga en la final sentencia:
que así como la reina de las flores
al sucio Escarabajo desagrada,
así también a góticos doctores
toda invención amena y delicada.

EL RICOTE ERUDITO

*"Descubrimiento útil para los que fundan su ciencia
únicamente en saber muchos títulos de libros"*

Hubo un Rico en Madrid (y aún dicen que era
más necio que rico),
cuya casa magnífica adornaban
muebles exquisitos.

"¡Lástima que en vivienda tan preciosa
(le dijo un amigo)
falte una librería, bello adorno,
útil y precioso!"

"Cierto (responde el otro). ¡Qué esa idea
no se me haya ocurrido!...
A tiempo estamos. El salón del Norte
a éste fin destino.

Que venga el ebanista y haga estantes
capaces, pulidos,
a toda costa. Luego trataremos
de comprar los libros."

Ya tenemos estantes. "Pues ahora,
(el buen hombre dijo),
¡echarme yo a buscar doce mil tomos!
¡No es mal ejercicio!

Perderé la chaveta, saldrán caros,
es obra de un siglo...,
pero ¿no era mejor ponerlos todos
de cartón fingido?

Ya se ve ¿Por qué no? Para estos casos
tengo un pintorcillo.

Que escriba buenos rótulos, e imite
pasta y pergamino."

Manos a la labor. Libros curiosos,
modernos y antiguos,
mandó pintar, y a más de los impresos,
varios manuscritos.

El bendito señor repasó tanto
sus tomos postizos,
que aprendiendo los rótulos de muchos
se creyó erudito.

¿Pues qué más quieren los que sólo estudian
títulos de libros,
si con fingirlos de cartón pintado
les sirven lo mismo?

LA VIBORA Y LA SANGUIJUELA

"No confundamos la buena crítica con la mala"

"Aunque las dos picamos (dijo un día
la Víbora a la simple Sanguijuela),
de tu boca reparo que se fía
el hombre, y de la mía se recela."

La chupona responde: "Ya, querida;
mas no picamos de la misma suerte.
Yo, si pico a un enfermo, le doy vida.
Tú, picando al más sano, le das muerte."
Vaya ahora de paso una advertencia:
Muchos censuran, sí, lector benigno,
pero a fe que hay bastante diferencia
de un censor útil a un censor maligno.

EL RICACHO METIDO A ARQUITECTO

"Los que mezclan voces anticuadas con las de buen uso, para acreditarse de escribir bien el idioma, le escriben mal y se hacen ridículos"

Cierto Ricacho, labrando una casa
de arquitectura moderna y mezquina,
desenterró de una antigua ruina,
ya un capitel, ya un fragmento de basa,
aquí un adorno y allá una cornisa,
media pilastra y alguna repisa.

Oyó decir que eran restos preciosos
de la grandeza y del gusto romano,
ya que arquitectos de juicio muy sano,
con imitarlos se hacían famosos.

Para adornar su infeliz edificio,
en él a trechos los fue repartiendo.

¡Lindo pegote! ¡Gracioso remiendo!
Todos ser ríen del tal frontispicio,
menos un quídam que tiene unos dedos
como de docto, y es tal su manía,
que desentierra vocablos añejos
para amasarlos con otros del día.

EL MEDICO, EL ENFERMO Y LA ENFERMEDAD

"Lo que en medicina parece ciencia y acierto, suele ser efecto de pura casualidad"

Batalla el enfermo
con la enfermedad,
él por no morirse,
y ella por matar.

Su vigor apuran
a cuál puede más,
sin haber certeza,
de quién vencerá.

Un corto de vista,
en extremo tal
que apenas los bultos
puede divisar,
con un palo quiere
ponerlos en paz.

Garrotazo viene,
garrotazo va

si tal vez sacude
a la enfermedad,
se acredita el ciego
de lince sagaz;
más si, por desgracia,
al enfermo da,
el ciego no es menos
que un topo brutal.

¿Quién sabe cuál fuera
más temeridad,
dejarlos matarse
o ir a meter paz?

Antes que te dejes
sangrar o purgar,
ésta es fabulilla
muy medicinal.

EL CANARIO Y EL GRAJO

"El que para desacreditar a otro recurrea medios injustos, suele desacreditarse a si propio"

Hubo un Canario que habiéndose esmerado en adelantar en su canto, logró divertir con él a varios aficionados y empezó a tener aplauso. Un Ruiseñor extranjero, generalmente acreditado, hizo particulares elogios de él, animándole con su aprobación.

Lo que el Canario ganó, así con este favorable voto como con lo que procuró estudiar para hacerse digno de él, excitó la envidia de algunos pájaros. Entre éstos había unos que también cantaban, bien o mal, y justamente por ello le perseguían.

Otros nada cantaban y por lo mismo le cobraron odio. Al fin, un Grajo, que no podía lucir por sí, quiso hacerse famoso en empezar a chillar públicamente entre las aves contra el Canario. No acertó a decir qué cosa era defectuosa en su canto; pero le pareció que para desacreditarle bastaba ridiculizarle el color de la pluma, la tierra en que había nacido, etcétera, acusándole, sin pruebas, de cosas que nada tenían que ver con lo bueno o malo de su canto. Hubo algunos pájaros de mala intención que aprobaron y siguieron lo que dijo el Grajo. Empeñóse éste en demostrar a todos que el que habían tenido hasta entonces por un Canario diestro en el canto, no era sino un borrico, y que lo que en él había pasado por verdadera música era, en realidad, un continuado rebuzno. "¡Cosa rara! —decían algunos—. El Canario rebuzna; el Canario es un borrico." Extendióse entre los animales la fama de tan nueva maravilla, y vinieron a ver cómo un Canario se había vuelto burro. El Canario, aburrido, no quería ya cantar; hasta que el Aguila, reina de las aves, le mandó que cantase para ver si, en efecto, rebuznaba o no, porque, si acaso era verdad que rebuznaba, quería excluirle del número de sus vasallos los pájaros. Abrió el pico el Canario, y cantó a gusto de la mayor parte de los circunstantes. Entonces el Aguila, indignada de la calumnia que había levantado el Grajo, suplicó a su señor, el dios Júpiter, que le castigase. Condescendio el dios y dijo al Aguila que mandase cantar al Grajo. Pero cuando éste quiso echar la voz, empezó por soberana permisión a rebuznar horrorosamente. Riéronse todos los animales y dijeron: "Con razón se ha vuelto asno el que quiso hacer asno al Canario."

EL GUACAMAYO Y EL TOPO

"Por lo general, pocas veces aprueban los autores las obras de los otros por buenas que sean; pero lo hacen los inteligentes que no escriben"

Mirándose al soslayo
las alas y la cola un Guacamayo
presumido, exclamó: "¡Por vida mía,
que aun el Topo, con todo que es un ciego,
negar que soy hermoso no podría!..."
Oyólo el Topo y dijo: "No lo niego;
pero otros guacamayos por ventura
no te concederán esa hermosura."

El favorable juicio
se ha de esperar más bien de un hombre lego
que de un hombre capaz, si es del oficio.

EL MONO Y EL ELEFANTE

"Muchos autores celebran solamente sus propias obras y las de sus amigos o condiscípulos"

A un congreso de varios animales
con toda seriedad el Mono expuso
que, a imitación del uso
establecido entre hombres racionales,
era vergüenza no tener historia,
que, al referir su origen y sus hechos,
instruirles pudiese y darles gloria.

Quedando satisfechos
de la propuesta idea,
el Mono se encargó de la tarea,
y el rey León en pleno consistorio
mandó se le asistiese puntualmente
con una asignación correspondiente,
además de los gastos de escritorio.

Pide al Ganso una pluma
el nuevo autor; emprende su faena,
y desde luego en escribir se estrena
una histórica suma,
que sólo contenía los anales
suyos y de los monos compañeros;
más pasando después años enteros
nada habló de los otros animales,
que esperaron en vano
volver a ver más letra de su mano.

El Elefante, como sabio, un día
por tan grave omisión cargos le hacía,
y respondió el Mono: "No te espantes;
pues aun en esto a muchos hombres copio.

Obras prometo al público importantes,
y al fin no escribo más que de mí propio."

EL CANARIO Y OTROS ANIMALES

"Hay muchas obras excelentes que se miran con la mayor indiferencia"

De su jaula un día
se escapó un Canario,
que fama tenía
por su canto vario.

"¡Con qué regocijo
me andaré viajando,
y haré alarde (dijo)
de mi acento blando!"

Vuela con soltura
por bosques y prados,
y el caudal apura
de dulces trinados.

Más ¡ay!, aunque invente
el más suave paso,
no encuentra viviente
que de él haga caso.

Una Mariposa
le dice burlando:
"Yo de rosa en rosa
dando vueltas ando.

Serás ciertamente
un músico tracio;
pero busca oyente
que esté más despacio."

"Voy (dijo la Hormiga)
a buscar mi grano...
Más usted prosiga,
cantor soberano."

La Raposa añade:
"Celebro que el canto
a todos agrade;
pero yo entretanto

(esto es lo primero),
me voy acercando
hacia un gallinero
que me está esperando."

"Yo (dijo un Palomo)
ando enamorado,
y así el vuelo tomo
hasta aquel tejado.

A mi palomita

es ya necesario
hacer mi visita;
perdone el Canario."

Gorjeando estuvo
el músico grato;
más apenas hubo
quien le oyese un rato.

¡A cuantos autores
sucede otro tanto!

EL RIO TAJO, UNA FUENTE Y UN ARROYO

"Los escritores sensatos, aunque se digan desatinos de sus obras, continúan trabajando"

"En tu presencia, venerable río
(al Tajo de este modo habló una Fuente),
de un poeta me quejo amargamente,
porque ha dicho (y no hay tal) que yo me río."

Un arroyo añadió: "Sí, padre mío;
es una furia lo que ese hombre miente.
Yo voy a mi camino, no censuro,
y con todo se empeña que murmuro."

Dicen que el Tajo luego,
así les respondió con gran sosiego:

"¿No tengo yo también oro en mi arena?
Pues, ¡qué! ¿De los poetas os espantan
los falsos testimonios?... No os dé pena.
Mayores entre sí se los levantan.
Reíd y murmurad enhorabuena."

EL CARACOL Y LOS GALÁPAGOS

"Aunque se reúnan varios sujetos para escribir una obra, si carecen de ciencia, tan despreciable saldrá como si la hubiese escrito un ignorante solo"

Aunque no es bueno el todo
si no lo son las partes,
y vale poco el cuerpo
en que cada individuo poco vale,
muchos que obras no estiman
de los particulares,
si éstos las hacen juntos,
con respeto los miran al instante.

Un Caracol terrestre,
al caer de la tarde,
salió a tomar el fresco,
y a un Galápago vio que iba de viaje.

"No se apresure, hermano",
le dijo por burlarse
del paso que llevaba,
añadiendo otras pullas bien picantes.

Diez Galápagos juntos
topó más adelante,
que de un pequeño charco
pasaban a buscar otro más grande.

Y el Caracol entonces
a cuadrilla tan grave
dejó libre el camino,
diciendo únicamente: "Ustedes pasen."

Al Galápago solo
tuvo por despreciable,
pero a los diez unidos
tuvo como a personas de carácter.

LA VERRUGA, EL LOBANILLO Y LA CORCOVA

*"De las obras de un mal poeta, la más reducida
es la menos perjudicial"*

Cierto poeta
que, por oficio,
era de aquellos
cuyos caprichos
antes que puedan
ponerse en limpio
ya en los teatros
son aplaudidos,
trágicos dramas,
comedias hizo,
varios sainetes
de igual estilo,
aunque pagado
de sus escritos,
pidio, no obstante,
a un docto amigo
que le dijera
sin artificio
cuál de su aprecio
era más digno.

El le responde:
"Yo más me inclino
a los sainetes."
"¿Por que motivo?"
"Tenga paciencia;
voy a decirlo...

Oigame un cuento
nada prolijo:
Una Verruga,
un Lobanillo

y una Corcova,
¡miren que trío!,
diz que tenían
cierto litigio
sobre el cuál de ellos
era más lindo.

Doña Joroba,
por lo crecido,
la primacía
llevar quiso.

Quiso, porque era
don Lobanillo
proporcionado,
ser más pulido.
Más la Verruga
pidió lo mismo,
porque su gracia
funda en lo chico.

Esta contienda
oyó un perito;
dióle gran risa
y al punto dijo:
"¡Vaya, Verruga,
que hablas con juicio!
Sois todos tres, a la verdad, tan buenos,
que bien puedes decir: Del mal, el menos."

Libros Infantiles

secciones

LIBROS PARA LEER
Desarrollo de la expresión lingüística
Lecturas infantiles: cuentos, leyendas...
Literatura, en general

LIBROS PARA DESCUBRIR Y COMPRENDER
La Tierra; geografía, geología, ecología, viajes, descubrimientos...
El universo y su exploración
Los avances de la Ciencia y la Técnica

LIBROS PARA PARTICIPAR Y COMPROMETERSE
El hombre y la sociedad
Las actividades del hombre
Profesiones y oficios
El hombre y los demás: construcción de un mundo nuevo

LIBROS PARA HACER Y EXPRESARSE
Expresión plástica
Expresión dinámica
Tiempo libre: deportes, juegos, hobbies...

PRIMEROS PASOS
A partir de los 2-3 años

Los libros infantiles y juveniles Everest se articulan en cua secciones (izquierda), cada una de las cuales se divide en cua series (derecha), que a su vez pueden adaptarse a tres distin niveles de edad (abajo, derecha).